Noël à
Radiator Springs

Publié par Presses Aventure, une division de
Les Publications Modus Vivendi inc.
55, rue Jean-Talon Ouest, 2ᵉ étage
Montréal (Québec) H2R 2W8
Canada

Publié pour la première fois en 2009 par Random House
sous le titre *A Cars Christmas*

Traduit de l'anglais par Karine Blanchard

Dépôt légal - Bibliothèque et Archives nationales du Québec, 2009
Dépôt légal - Bibliothèque et Archives Canada, 2009

ISBN 978-2-89660-038-0

Nous reconnaissons l'aide financière du gouvernement du Canada par l'entremise du Programme d'aide au développement de l'industrie de l'édition (PADIÉ) pour nos activités d'édition.

Gouvernement du Québec − Programme de crédit d'impôt pour l'édition de livres − Gestion SODEC

Imprimé au Canada.

Noël à
Radiator Springs

Par Melissa Lagonegro

Illustré par the Disney Storybook Artists

Inspiré de l'oeuvre et des personnages créés par Pixar

À Radiator Springs, la magie de Noël est dans l'air !

C'est le moment le plus amusant de l'hiver.

Flash et Sally décorent
l'arbre de pneus.

Mater installe les
lumières de son mieux.

Flo sert des pintes
d'huile enrubannées.

L'échelle de Red est

tout illuminée.

Sergent guide les autres
bagnoles.

Mater tire le traîneau
plein de babioles.

Ramone peint des lignes sur Flash McQueen.

En rouge et vert, il a
bonne mine.

Lizzie vend des autocollants.

Luigi fait des couronnes
de pneus et de rubans.

Les bagnoles rentrent à la maison avec leurs achats.

Shérif s'assure que tous
s'arrêtent au bon endroit.

Ah ! Flash s'est élancé !

Mater est là, prêt
à l'aider.

Guido astique
tous les pneus.

Sally se réchauffe près
du feu.

Doc s'assure que Sergent est bien rempli.

Mater éternue à cause du gui.

Fillmore offre à chacun
le plein d'essence.

Flash déblaie la cour
avec aisance.

Toute la ville est prête
à célébrer.

Noël est le plus beau moment de l'année !